PETITE
BIBLIOTHÈQUE

DES

FAMILLES CHRÉTIENNES.

LES
BIENFAITS
DE
LA RELIGION.

Recherchez les bonnes lectures et la saine doctrine..... Mais fuyez celles qui sont dangereuses ; car elles ne servent qu'à produire l'impiété.

SAINT PAUL A TIMOTHÉE.

TOME PREMIER.

—

Troisième Livraison.

—

BOURG.

IMPRIMERIE DE P.-F. BOTTIER, LIBRAIRE, IMPRIMEUR DE L'ÉVÊCHÉ DE BELLEY.

1827.

AVANT-PROPOS.

« C**HOSE** admirable ! La religion chré-
» tienne, qui ne semble avoir d'objet que
» la félicité de l'autre vie, fait encore no-
» tre bonheur dans celle-ci (*). » Cette
belle pensée de Montesquieu renferme tout
le sujet de l'ouvrage que nous offrons au
Public. Notre but est de prouver, moins
par des raisonnemens que par des faits,
que la religion est vraiment la bienfaitrice
du genre humain, et la source du vrai
bonheur de l'homme en ce monde aussi
bien qu'en l'autre. Un sujet si vaste exi-
gerait un grand nombre de volumes, pour

(*) Esprit des Lois, liv. 24.

être développé dans tous ses détails ; mais, pour ne pas nous écarter du plan que nous nous sommes tracé, nous nous bornerons à présenter un aperçu des biens immenses que la religion chrétienne a opérés dans le monde, et à offrir à l'admiration de nos lecteurs un tableau fidèle des généreux sentimens qu'elle a inspirés, des vertus sublimes qu'elle a fait pratiquer, des établissemens qu'elle a faits pour le bien de l'humanité. Comme ce n'est point ici une histoire suivie, mais simplement un recueil de faits détachés, nous n'avons pas cru devoir nous astreindre à suivre l'ordre chronologique ; et nous avons pensé que plus la lecture présenterait de variété, plus elle offrirait de charmes à la Jeunesse, à laquelle cet Ouvrage est principalement destiné.

BIENFAITS

DE

LA RELIGION.

INFLUENCE de la Religion sur le bonheur
temporel des Hommes.

ON ne saurait, sans éprouver un sentiment de compassion, voir des hommes qui
n'ont pas le bonheur de croire à la religion, ou qui en abandonnent les saintes
pratiques. Mais, quand on voit des hom-
hommes s'applaudir, se glorifier, de n'a-
voir point de religion quelconque, et reléguer toutes les idées religieuses dans la
classe des préjugés, on se sent partagé
entre la pitié et l'indignation, et l'on ne

peut se rendre compte d'un sentiment aussi dépravé et d'une vanité aussi déraisonnable. Car enfin, sans parler ici du malheur éternel dans lequel l'impiété entraîne infailliblement, quelle plus triste existence que celle d'un homme qui ne croit rien ; qui ne connaît ni d'où il vient ni où il va ; qui ignore ses devoirs les plus sacrés et sa destinée future? Quel sujet de joie peut-on trouver à se voir environné de ténèbres impénétrables? Quelle gloire de se dégrader soi-même, en se mettant au rang de la bête? Et quand l'homme est épuisé de douleur et d'infirmités ; quand il est accablé de misère, poursuivi par la calomnie, opprimé par la tyrannie, quelle ressource lui laisse l'impiété, qu'un affreux désespoir?

Mais l'homme religieux connaît son Dieu, et les devoirs qui lient la créature à son créateur ; il se connaît lui même, son origine céleste et la fin à laquelle il est destiné : au milieu des épreuves auxquelles il est exposé ici-bas, il trouve dans la religion des ressources et un courage invincible; il ne voit dans tous ses maux que la main paternelle d'un Dieu juste et bon, qui le châtie dans ce monde pour l'épargner dans l'autre, ou qui éprouve sa vertu pour le rendre digne de plus grandes récompenses; à la vue du ciel, à la pensée de l'éternité, ses pleurs se changent en joie, son âme tressaille d'allégresse, et il s'estime heureux de pouvoir acquérir une éternité de bonheur au prix de quelques momens de souffrances. Ainsi, ne fut-ce que pour le soulagement des maux de la vie présente, la religion est absolument nécessaire aux hommes; et si c'est une cruauté de la leur ravir, c'est une folie de s'applaudir d'en avoir perdu tout sentiment.

Quel intérêt, d'ailleurs, peut-on avoir à répandre l'irréligion dans la société? Les hommes deviendraient-ils plus heureux et meilleurs, en abjurant la religion et en

1*

s'affranchissant de tous leurs devoirs envers Dieu ? C'est une vérité incontestable :
sans la religion, point de mœurs, et sans
mœurs, point de société.

Ecrivain imprudent,
Qui dans la voie du crime ose les rassurer ;
De tes beaux argumens quel fruit peux-tu tirer?
Tes enfans à ta voix seront-ils plus dociles ;
Ta femme plus honnête; et ton nouveau fermier,
Pour ne pas croire en Dieu, va-t-il mieux te payer?

Otez, en effet, la religion, quelle base
restera-t-il à la morale, et quelle règle
nous fera distinguer le bien du mal ? Quel
motif assez puissant nous portera à pratiquer la vertu, lorsqu'elle sera contraire à
nos intérêts? Quelle barrière assez forte
pour contenir l'impétuosité de nos passions, quand nous pourrons les satisfaire
sans avoir rien à craindre de la part des
hommes ? Nous sommes naturellement et
invinciblement portés à chercher le bonheur; tout ce qui pourra nous satisfaire

sera légitime à nos yeux, si nous n'avons rien à espérer, ni à craindre après cette vie.

> D'imaginaires lois,
> Quand d'un Être vengeur j'ai secoué la crainte,
> Ne peuvent sur mon âme établir leur contrainte ;
> C'est pour moi que je vis ; je ne dois rien qu'à moi :
> La vertu n'est qu'un nom, mon plaisir est ma loi.

Tel est le langage conséquent de tout homme sans religion. Quelque révoltant qu'il soit, nos prétendus philosophes n'ont pas rougi de l'avouer. Ils ont répandu dans mille écrits cette infâme doctrine, qui serait rejetée avec horreur, même par les sauvages : « *Que le vice et la vertu, le bien et le mal moral, les crimes et les bonnes actions, ne sont que des préjugés ; qu'il n'y a de bien et de mal que ce qui nous est physiquement bon ou nuisible ; et que nous devons chercher notre bonheur dans les jouissances des passions, tant que nous pouvons les satisfaire, sans en crain-*

dre des suites funestes, etc. » Que deviennent, après cela, l'honnêteté, la bonne foi, la confiance, la probité, la justice, la pureté des mœurs, la sûreté de la vie ; et ne vaudrait-il pas mieux aller habiter parmi les hordes sauvages, que de vivre dans une société d'impies qui régleraient leur conduite sur de telles maximes ?

On raconte que, sur la fin du siècle passé, il fut proposé au gouvernement d'envoyer tous les philosophes essayer d'établir dans une île déserte une société d'hommes sans religion. C'était le vrai remède à leur méchante folie. Mais qui d'entre eux se fût soucié de faire un pareil essai ? Du moins est-il certain que leur chef, en particulier, n'eût pas voulu aller gouverner cette monstrueuse république. Mallet-Dupan rapporte dans un de ses écrits, que dînant un jour chez Voltaire, avec d'Alembert et Condorcet, ceux-ci ayant voulu parler athéisme, Voltaire les arrêta tout court, et les pria d'attendre qu'il eût fait retirer ses domestiques ; car, leur dit-il, *je ne veux pas être égorgé cette nuit.*

On pourrait tirer des œuvres de ce chef des prétendus philosophes cent passages qui démontrent combien il a été convaincu, tout ennemi qu'il était de la religion, que sans religion il n'y a point de sûreté, et la plupart des impies ont souvent fait le même aveu.

Si Dieu n'existait pas, il faudrait l'inventer.

Aussi Robespierre lui-même, qui ne voulait pas, comme il disait, du *Dieu des prêtres*, inventa-t-il son *Être Suprême*. Tout barbare et déhonté qu'était ce monstre à figure humaine, il sentit néanmoins que l'athéisme, proclamé sous le nom de *Culte de la Raison*, tendait à dissoudre toute société, et à rendre le peuple français un objet d'opprobre et d'horreur pour les autres nations.

Non, il n'appartient qu'à la religion de commander puissamment la justice et la modération à ceux qui gouvernent, et la soumission et l'obéissance à ceux qui sont gouvernés; de balancer les efforts des passions par la grandeur de ses promesses et par la terreur de ses menaces; de veiller sur la conscience et de prévenir les crimes secrets; d'encourager toutes les vertus, et de maintenir le calme et la paix dans le cœur de l'homme, dans le sein des familles, dans la société politique. Si la religion était bien observée, nous n'aurions pas besoin de lois pour réprimer les crimes; et sans la religion, les lois sont vaines et l'autorité publique sans appui: l'impiété introduit également la tyrannie et l'anarchie. « Je ne voudrais pas, a dit
» Voltaire, avoir à faire à un prince athée,
» qui trouverait son intérêt à me faire pi-
» ler dans un mortier; je suis bien sûr que
» je serais pilé. Je ne voudrais pas, si j'étais
» souverain, avoir à faire à des courtisans

« athées, dont l'intérêt serait de m'em-
» poisonner; il me faudrait prendre du
» contre-poison tous les jours. »

Terminons par une autre autorité, capable d'en imposer à ces vains discoureurs,
qui traitent la religion avec tant de légè-
reté et de dédain; elle est d'un homme
qui ne doit pas leur être suspect, et qui
a trop acquis le droit d'être cru, lorsqu'il
rend hommage à la religion et qu'il fait
justice de la philosophie.

« Nos gouvernemens modernes, dit J.-J.
» Rousseau, doivent incontestablement
» au christianisme leur plus solide auto-
» rité, et leurs révolutions moins fréquen-
» tes; il les a rendus eux-mêmes moins
» sanguinaires. Cela se prouve par le fait,
» en les comparant avec les gouvernemens
» anciens. Ce changement n'est point l'ou-
» vrage des lettres; car partout où elles
» ont brillé, l'humanité n'a pas été plus
» respectée : les cruautés des Athéniens,
» des Égyptiens, des Romains et des Chi-
» nois en font foi. »

« Fuyez, dit-il ailleurs, ceux qui, sous
» prétexte d'expliquer la nature, sèment
» dans les cœurs des hommes de déso-
» lantes doctrines..... Sous le hautain pré-
» texte qu'eux seuls sont éclairés, vrais et
» de bonne foi, ils nous soumettent im-
» périeusement à leurs décisions tran-
» chantes, et prétendent nous donner
» pour les vrais principes des choses, les
» inintelligibles systèmes qu'il ont bâtis
» dans leur imagination. Du reste, ren-
» versant, détruisant tout ce que les hom-
» mes respectent ; ils ôtent aux affligés la
» dernière consolation de leur misère,
» aux puissans et aux riches le seul frein
» de leurs passions : ils arrachent du fond
» du cœur les remords du crime, l'es-
» poir de la vertu, et se vantent encore
» d'être les bienfaiteurs du genre humain.
» Ah ! ne me parlez plus de philoso-
» phie. Je méprise ce trompeur étalage,
» qui ne consiste qu'en vains discours ; ce
» fantôme, qui n'est qu'une ombre qui

» nous excite à menacer de loin les pas-
» sions; et nous laisse comme un faux
» brave à leur approche. Je n'entends pas
» qu'*on puisse être vertueux sans reli-*
» *gion*. J'eus long-temps cette opinion
» trompeuse, dont je suis très-désabusé.

» Par les principes, la philosophie ne
» fait aucun bien que la religion ne fasse
» encore beaucoup mieux; et la religion
» en fait beaucoup que la philosophie ne
» saurait faire.

» Que d'œuvres de miséricorde sont
» l'ouvrage de l'Evangile! Que de resti-
» tutions, de réparations, la confession
» ne fait-elle pas faire chez les catho-
» liques!.... »

D'après de tels aveux de la part d'un
homme que la philosophie moderne admire comme son maître le plus profond,
que doit-on penser de ces hommes légers
qui prétendent n'avoir pas besoin de religion pour être vertueux, qui rougiraient
de faire un acte de religion, et qui, par

leurs discours et leurs exemples , quelquefois par l'abus de leur crédit ou de leur
pouvoir, travaillent à détruire la foi dans
le cœur de leurs concitoyens, et à plonger
leur patrie dans l'abîme et les horreurs
de l'impiété ? On ne peut que les regarder
comme les ennemis de la société et les
fléaux du genre humain, tandis que les
hommes vertueux, qui pratiquent la religion et travaillent à la faire connaître et
aimer de leurs semblables, doivent être
regardés comme les amis et les vrais bienfaiteurs de l'humanité.

Vertus des premiers Chrétiens.

Rien n'est plus beau ni plus touchant que le tableau de l'Eglise naissante : il a été tracé par Saint Luc dans les actes des apôtres : « Toute la multitude de ceux qui croyaient, n'avait qu'un cœur et qu'une âme, et aucun d'eux ne s'appropriait ce qu'il possédait ; mais ils mettaient tout en commun. Il n'y avait point de pauvres parmi eux, parce que tous ceux qui avaient des terres ou des maisons, les vendaient et en apportaient le prix : ils le mettaient aux pieds des apôtres, et on le distribuait à chacun selon son besoin. Les Fidèles persévéraient dans la doctrine du Sauveur, dans la prière et dans la fraction du pain, c'est-à-dire dans la participation à la divine Eucharistie. » Et ailleurs : « Ils étaient tous unis ensemble, et tout ce qu'ils avaient était commun. Ils vendaient leurs possessions et leurs biens ; et ils les distribuaient selon le besoin de chacun. Ils continuaient d'aller tous les jours en union d'esprit dans le temple ; et rompant le pain par les maisons, ils prenaient leur nourriture avec joie et simplicité de cœur, louant Dieu et étant aimés de tout le peuple. Il se faisait beaucoup de miracles et de prodiges par les mains des apôtres, et ils étaient tous animés du même esprit. Aucuns des autres n'osaient se joindre à eux dans le temple, mais le peuple leur donnait de grandes louanges ; et le nombre de ceux qui croyaient au Seigneur s'augmentait de plus en plus. L'Eglise s'établissait ainsi, marchant dans la crainte du Seigneur, et elle était remplie de la consolation du Saint-Esprit. » L'historien sacré parle de l'Eglise de Jérusalem. Quoique les autres Eglises, composées principalement de gentils, fussent au-dessous de cette souveraine perfection, elles ne laissaient pas d'être des prodiges de vertu et de sainteté, si l'on considère l'état où

se trouvaient les gentils avant leur conversion. Quand une fois ils avaient reçu
le baptême, on ne s'apercevait plus de ce
qu'ils avaient été ; ils commençaient à me-
ner une vie nouvelle, toute intérieure et
toute spirituelle, et ils trouvaient facile
ce qui leur avait paru impossible aupara-
vant : ceux qui avaient été esclaves de la
volupté devenaient tout-à-coup chastes et
tempérans : les ambitieux ne voyaient plus
de solide grandeur que dans la croix : toutes les passions étaient vaincues, toutes
les vertus étaient pratiquées : ils renon-
çaient aux douceurs et aux commodités de
la vie : le travail et la retraite, le jeûne et
le silence avaient pour eux des attraits. La
première et la principale de leurs occu-
pations était la prière, qui est aussi celle
que Saint Paul recommande en premier
lieu ; et comme il exhorte à prier sans
cesse, selon le précepte de Jésus-Christ,
ils employaient toutes sortes de moyens
pour n'interrompre que le moins qu'il était

possible l'application de leur esprit à Dieu et aux choses célestes. Ils priaient en commun le plus qu'ils pouvaient, persuadés que plus il y a de personnes unies ensemble pour demander à Dieu les mêmes grâces, plus elles ont de force pour les obtenir, suivant cette parole du Sauveur : « Si deux d'entre vous s'unissent ensemble sur la terre pour prier, tout ce qu'ils demanderont leur sera donné par mon Père qui est dans les cieux ; car où il y a deux ou trois personnes assemblées en mon nom, je me trouve au milieu d'elles. » Pour renouveler plus souvent l'attention à Dieu, ils faisaient des prières particulières avant et après chacune de leurs actions : ils étudiaient la loi de Dieu, repassant dans leurs maisons ce qu'ils avaient entendu dire dans le lieu d'assemblée, et ils imprimaient dans leur mémoire les explications du pasteur, s'en entretenant les uns avec les autres. Surtout les pères avaient soin de faire ces répétitions dans leurs familles. Ainsi la vie chrétienne était une suite continuelle de prières, de lectures et de travaux, qui se succédaient selon les heures, sans autre interruption que celles qu'exigent les nécessités de la vie. Cette conduite est bien admirable dans une multitude d'hommes qui jusque là avaient été livrés à tous les désordres de l'idolâtrie ! D'où venait un changement si subit et si merveilleux ? Il fallait qu'ils eussent été bien vivement frappés des miracles et des vertus de ceux qui annonçaient cette nouvelle religion ; il fallait que l'esprit de Dieu eût agi bien puissamment sur leur âme, pour en former des hommes nouveaux, des hommes chastes et mortifiés, des hommes détachés des richesses, et ne désirant que les biens invisibles et éternels. Un tel changement est manifestement l'ouvrage de cette puissance qui a tiré le monde du néant, et qui est encore plus éclatante, lorsqu'elle triomphe des cœurs, sans nuire à la liberté. D'un côté,

Dieu agit en maître, et ne trouve point
de résistance : de l'autre, Dieu qui veut
de la part de l'homme une obéissance libre, lui laisse le pouvoir de résister.

Témoignage d'un prince païen en faveur du Christianisme.

L'EMPEREUR Constance Chlore mérita
également les éloges des chrétiens et des
païens : plein de bonté et de clémence, il fit
consister sa gloire à rendre ses sujets heureux, et à s'en faire aimer : il estimait le
christianisme, parce qu'il aimait la vertu.
On rapporte de lui un trait remarquable,
qui ne lui fit pas moins d'honneur qu'à la
religion : il avait un grand nombre de
chrétiens dans son palais, et parmi les officiers attachés à sa personne. N'étant encore que César, lorsque l'édit de Dioclé-
tien parut contre les chrétiens, il les assembla, leur notifia les ordres de l'empe-

reur, et leur déclara qu'il fallait sacrifier aux idoles, ou renoncer aux charges qu'ils possédaient. Cette proposition de la part d'un prince qui, jusqu'alors, avait été favorable à la religion, fut un coup de foudre pour les chrétiens. Ils en furent consternés; mais tous n'en furent point abattus; la plupart protestèrent qu'ils aimaient mieux sacrifier leurs biens et leur vie même, que de perdre la Foi. Quelques-uns plus faibles, et suivant le génie des courtisans, qui souvent n'ont d'autre Dieu que leur fortune, et d'autre religion que celle du souverain, consentirent à offrir de l'encens aux idoles, pour conserver sa faveur et les places dont il les avait honorés. Alors Constance déclara ses véritables sentimens, combla d'éloges la généreuse fermeté des premiers, et blâma avec de vifs reproches la lâche et criminelle complaisance des autres. « Comment, leur dit-il, garderez-vous à l'empereur une fidélité inviolable, vous qui vous montrez

1**

traîtres et perfides à l'égard de Dieu » ?
Ensuite, il les chassa de son palais, comme
indignes d'être à son service. Mais pour
ceux qu'il avait trouvés prêts à renoncer
à tout plutôt qu'à leur Foi, il les regarda
comme ses plus fidèles serviteurs : il leur
conserva leurs charges, et les honora toujours de son affection et de sa confiance.
Il disait qu'un prince devait préférer des
serviteurs de ce caractère, à tous les tré-
sors de son épargne.

Conversion de Clovis et des Français.

QUAND le temps fut arrivé que l'empire
romain devait tomber en Occident, Dieu
ne laissa pas la Gaule, cette noble partie
de la chrétienté, sous des princes idolâtres : il appela à la Foi Clovis, roi des
Français. Ce peuple, sorti de la Germa-
nie, avait déjà formé un établissement
dans les Gaules. Le prince, quoiqu'il fût

encore païen, épousa une princesse chrétienne, et d'une grande piété. Clotilde
(c'était le nom de la vertueuse reine) lui
parlait souvent de la religion chrétienne :
elle lui faisait sentir dans des entretiens
particuliers, la vanité des idoles ; mais le
roi avait peine à se rendre. Cependant
Clotilde obtint qu'un fils, qu'elle avait mis
au-monde, fût baptisé. L'enfant étant
mort peu de jours après son baptême,
Clovis s'en prenait à la reine, et attribuait
cette mort à la colère de ses faux dieux.
Clotilde ne se rebuta point : la Foi dont
elle était animée, sécha ses larmes, que la
tendresse maternelle faisait couler, et la
soutint dans son affliction. Elle eut un se-
cond fils, qu'elle fit encore baptiser. L'enfant tomba aussi malade, et le roi disait
déjà qu'il mourrait certainement comme
son frère, puisqu'il avait été baptisé comme
lui. Clotilde eut recours à la prière, et
Dieu, content d'avoir mis sa Foi à cette
épreuve, en récompensa le mérite, et ren-

dit la santé au jeune prince. Les grandes
qualités de Clovis et les espérances que l'on
concevait de sa conversion, lui gagnèrent
le cœur de ses nouveaux sujets; on faisait
dans tout le royaume les vœux les plus ardens pour que Dieu daignât l'éclairer. Ils
furent à la fin exaucés, et la divine Providence voulut que la conversion de ce
prince, à laquelle était attachée celle de
toute la nation des Francs, se fit par un
miracle semblable à celui qui avait autrefois gagné à Jésus-Christ le grand Cons-
tantin. Une victoire miraculeuse fut pour
ces deux princes le plus puissant attrait
qui leur fit embrasser le christianisme. Les
Allemands, peuple guerrier de la Germa-
nie, à laquelle ils donnèrent leur nom
dans la suite, avaient passé le Rhin, et
s'avançaient vers la Gaule pour la con-
quérir. Clovis marcha contre eux, et les
joignit dans les plaines de Tolbiac, au du-
ché de Juliers. Avant son départ, Clotilde
lui avait dit que s'il voulait s'assurer de

la victoire, il devait invoquer le Dieu des chrétiens. On en vint aux mains; les troupes de Clovis commençaient à plier et à se rompre. Ce premier mouvement de désordre redoubla l'ardeur des Allemands, qui se croyaient déjà victorieux. Dans cette extrémité, Clovis se souvint des leçons de Clotilde, et s'adressant au Dieu de sa vertueuse épouse, il dit à haute voix : « Dieu que Clotilde adore, secourez-moi; si vous me rendez victorieux, je n'adorerai plus d'autre Dieu que vous ». Dieu avait marqué ce moment pour se faire connaître à Clovis par ses bienfaits. A peine ce prince eut-il achevé cette prière, que la victoire passa tout-à-coup du côté des Français. Les Allemands prirent la fuite, et presque tous ceux qui échappèrent au carnage se rendirent à discrétion.

On ne peut douter que la victoire ne vînt du Ciel, et la belliqueuse nation des Francs connut que le Dieu de Clotilde était le vrai Dieu des armées. Clovis re-

1***

passa donc dans les Gaules avec son armée, pour accomplir le vœu solennel qu'il
avait fait. Un saint empressement le porta
à se faire instruire de nos mystères, même
pendant la marche. Il prit pour ce sujet,
en passant à Toul, un saint prêtre, nommé
Wast, qui avait une grande réputation de
vertu. Clotilde fut comblée de joie, en ap-
prenant la victoire et surtout la conversion
de Clovis. Elle alla au-devant de lui jusqu'à Reims, et elle le félicita sur les dispositions où elle le voyait, bien plus que
sur la prospérité de ses armes. Saint Remi,
évêque de cette ville, que Dieu avait orné
de talens et de vertus, et qu'il avait placé
sur ce grand siége pour en faire l'apôtre
des Français, acheva d'instruire le roi.
Clovis ne délibéra plus sur son changement : il assembla ses soldats, et les exhorta
à suivre son exemple, en renonçant à de
vaines idoles pour adorer le Dieu à qui ils
étaient redevables de la victoire. Il fut
tout-à-coup interrompu par les acclama

tions des Français, qui s'écrièrent de toutes parts : « Nous renonçons aux dieux mortels : nous sommes prêts à adorer le vrai Dieu, le Dieu que prêche Remi ». Clovis, charmé de trouver son armée dans les mêmes sentimens que lui, prit jour avec Saint Remi pour recevoir le baptême ; ils convinrent que ce serait la veille de Noël. Remi, qui voulait frapper les yeux des Français par ce que notre religion a de plus auguste dans les cérémonies, n'omit rien pour rendre celle-ci éclatante. Il ordonna de tendre l'église et le baptistère des plus riches tapisseries : il fit allumer un grand nombre de cierges, où l'on avait mêlé avec la cire de précieux parfums, en sorte que le saint lieu paraissait rempli d'une odeur céleste. Rien n'est plus magnifique que la description qui nous reste encore de la marche des nouveaux catéchumènes : les rues et les places publiques furent tendues, et l'on marcha en procession avec les saints Évangiles et la croix, depuis le palais du roi jusqu'à l'église, en chantant des hymnes et des litanies. Saint Remi tenait le roi par la main, la reine suivait avec les deux princesses, sœurs de Clovis, et plus de trois mille hommes de son armée, la plupart officiers, que son exemple avait gagnés à Jésus-Christ. Lorsque le roi fut arrivé au baptistère, il demanda le baptême. Le saint évêque lui dit : « Prince sicambre, baissez la tête sous le joug du Seigneur : adorez ce que vous avez brûlé, et brûlez ce que vous avez adoré. » Ensuite lui ayant fait confesser la foi de la Trinité, il le baptisa et l'oignit du saint chrême. Les trois mille Français qui l'accompagnaient, sans compter les femmes et les enfans, furent baptisés en même temps par les évêques et les autres ministres qui s'étaient rendus à Reims pour cette cérémonie. Des deux sœurs de Clovis, l'une reçut le baptême, et l'autre, qui était chrétienne, mais qui avait eu le malheur de tomber dans l'hérésie, fut réconciliée

par l'onction du saint chrême. La nouvelle
de la conversion de Clovis répandit la joie
dans tout le monde chrétien. Le pape
Anastase y fut d'autant plus sensible, qu'il
espérait trouver en ce prince un puissant protecteur de l'Eglise. C'était en effet le seul souverain qui fût alors catholique. Depuis qu'il eut embrassé la vraie
foi, il ne cessa de la protéger : exemple
que ses successeurs ont imité depuis douze
siècles, et qui leur a mérité le titre de
rois très-chrétiens.

Ce héros ne triompha pas seulement
par les armes ; il triompha encore davantage par la force de son génie, et surtout
par les lumières et les secours inestima-
bles qu'il trouva dans le christianisme.
« Nous croyons, dit le président Hénault,
» que les évêques et la religion ont beau-
» coup contribué aux succès de Clovis.
» Les Gaulois n'avaient ni lois ni gouver-
» nement ; les empereurs d'Orient, qui
» en étaient les seuls maîtres, laissaient

» ce peuple se gouverner par les factions :
» tout était dans l'anarchie lorsque Clovis
» parut avec son armée. Le clergé favo-
» risa ses conquêtes, lui fit abandonner
» ses faux dieux, négocia son mariage
» avec Clotilde, princesse aussi distin-
» guée par l'élévation de son esprit que
» par sa prudence et sa piété. Alors le
» gouvernement féodal rendait les grands
» vassaux oppresseurs, multipliait les serfs,
» et outrageait la dignité de l'homme : le
» clergé s'occupa à détruire l'autorité de
» ces tyrans, et se servit de la religion
» pour donner au peuple quelques lumiè-
» res et quelques vertus. Voilà des bien-
» faits qui méritent la justice du prince
» et la reconnaissance de la nation. »

Belles qualités et zèle de Charlemagne, roi de
France.

CHARLEMAGNE monta sur le trône, étant
encore fort jeune ; mais il n'avait de la

jeunesse que la vigueur et l'activité : la prudence réglait toutes ses démarches, et il employa sa puissance à étendre le royaume de Jésus-Christ. Dans les premières années de son règne, il publia, à la prière des évêques, un capitulaire pour le maintien de la discipline ecclésiastique. Il protégea le saint siége contre les usurpations du roi des Lombards. Depuis long-temps les Saxons faisaient des courses sur les terres de sa domination : pour les réprimer, il entreprit contre eux une longue guerre, qui se termina par la conversion de ces peuples. C'était le fruit le plus précieux qu'il se promettait de sa conquête. Il parut avoir moins à cœur de les soumettre à sa puissance, que de leur porter la lumière de la foi. Ces peuples idolâtres résistèrent long-temps ; mais enfin ils embrassèrent la religion chrétienne, et c'en fut assez pour leur faire pardonner leurs révoltes continuelles. Comme Charlemagne se défiait de leur inconstance, et que plusieurs d'entre eux paraissaient n'avoir demandé le baptême que par politique, il leur envoya de zélés missionnaires pour les affermir dans la foi. Cependant Witikind, le plus accrédité de leurs chefs, ne se rendait pas, et il était plus aigri qu'abattu par ses défaites. Charlemagne, qui n'avait pu le réduire par la force des armes, ne désespéra point de le gagner par la voie de la négociation. Il lui fit proposer une conférence. Witikind se rendit à Attigny, où était alors la Cour, et là, ce que tant de combats n'avaient pu faire, la majesté et la bonté de Charlemagne le firent : elles désarmèrent ce chef des rebelles, qui se soumit avec plaisir à un si grand prince. Il fit plus encore : pendant son séjour en France, il examina avec soin la religion : dès qu'il la connut, il l'admira, en ouvrant tout-à-coup les yeux à la grâce qui l'éclairait intérieurement, il détesta le paganisme et demanda le baptême. Il le reçut en effet, et Charlemagne voulut être son

parrain. Witikind, qui n'avait pas moins
de franchise que de bravoure, donna des
preuves éclatantes de la sincérité de sa
conversion, en témoignant dans la suite
autant de zèle pour la propagation de la
foi, qu'il avait montré d'acharnement pour
en retarder les progrès. Charlemagne rap-
portait à Dieu la gloire de ses succès : il lui
fit rendre de solennelles actions de grâces
de la conversion des Saxons et de leur
chef.

Le nom de ce conquérant législateur
remplit la terre. Le prince était grand,
l'homme l'était davantage. Les rois ses enfans furent ses premiers sujets, les instrumens de son pouvoir et les modèles de
l'obéissance. Il mit un tel tempérament
dans les ordres de l'Etat, qu'ils furent con-
trebalancés, et qu'il resta le maître. Tout
fut uni par la force de son génie. Il em-
pêcha l'oppression du clergé et des hommes libres, en menant continuellement la
noblesse d'expédition en expédition. Il ne

2.

lui laissa pas le temps de former des desseins, et l'occupa tout entière à suivre les siens. L'empire se maintint par la grandeur du chef. Maître absolu de ses peuples, il mit sa gloire à en être le père, et il goûta le plaisir de voir qu'il en était aimé autant qu'il en était craint. Encore plus redoutable aux ennemis de la religion qu'à ceux de l'état, il fut toujours le fléau de l'hérésie et du vice, le protecteur le plus zélé, aussi bien que l'enfant le plus soumis et le bienfaiteur le plus libéral de l'Eglise. Ses victoires furent pour elle des conquêtes, et le fruit le plus doux qu'il recueillit de tant de combats, ce fut d'étendre le royaume de Jésus-Christ à proportion qu'il étendait le sien. Vaste dans ses desseins, simple dans l'exécution, personne n'eut à un plus haut degré l'art de faire les plus grandes choses avec facilité, et les plus difficiles avec promptitude. Il parcourait sans cesse son vaste empire, portant la main où il menaçait de tomber, passant rapidement des

Pyrénées en Allemagne, et d'Allemagne en Italie. Quelques auteurs modernes lui ont disputé le titre de *Grand*, sans doute parce qu'il leur a paru trop chrétien ; mais les historiens équitables conviennent tous que personne ne mérita mieux de porter le nom de *Grand* que cet empereur.

Rétablissement des études par Charlemagne.

Quand Charlemagne monta sur le trône, l'ignorance était répandue dans toute la France ; on y avait perdu le goût des lettres, et il n'y avait ni maîtres, ni écoles publiques où l'on pût les apprendre. Charlemagne, qui savait que l'étude des sciences et des arts ne contribue pas moins au bien de la religion qu'à la gloire de l'État, s'appliqua à les rétablir dans son royaume. Pour y réussir, il fallait ouvrir des écoles et exciter l'émulation : il fallait encore trou-

ver des maîtres capables d'enseigner, et il
n'y en avait aucun en France. Ce prince
attira à sa cour les hommes les plus ins-
truits et les personnages les plus renom-
més de tous les pays étrangers. Il sut les
fixer dans ses États par des récompenses
dignes du monarque et des savans qui
avaient quitté leur patrie. Il ne croyait
pas acheter trop cher des hommes qui,
par leurs talens, pouvaient faire honneur
à la France et à la religion. Celui de qui il
tira le plus de services, fut le célèbre Al
cuin, savant Anglais, qu'il combla de biens
et d'honneurs. Cet homme, qui passait
pour le plus bel esprit de son temps,
avait enseigné dans son pays les sciences
sacrées et profanes avec beaucoup de succès. Il se rendit à l'invitation de Charlemagne, et conseilla à ce prince d'établir
des écoles dans les principales villes et
dans les grandes abbayes de son royaume.
Charlemagne suivit ce conseil, et il écrivit à ce sujet aux évêques et aux abbés,

une lettre circulaire pour les exhorter à former des établissemens si utiles. Comme les leçons données de vive voix ne suffisent pas, et qu'il faut encore des livres, qui sont en quelque sorte les gardiens et les dépositaires de la science, le roi prit des précautions pour empêcher que cette source publique de l'érudition ne fût altérée par la négligence des copistes, dont on était obligé de se servir avant l'invention de l'imprimerie : il ordonna par un capitulaire, de n'employer à transcrire les livres que des hommes intelligens et d'un âge mûr. L'étude de la religion était celle qui attirait principalement son attention : il fit revoir et corriger avec la plus grande exactitude les exemplaires manuscrits de l'Ancien et du Nouveau Testament. Il donna aussi ses soins à la correction des prières qui composent l'office divin, afin qu'il n'y eût rien qui ne fût digne de la majesté de Dieu. Il fit venir de Rome des chantres qui enseignèrent aux Français le chant ro-

main dans toute sa pureté : il ordonna à
tous les maîtres de chant du royaume de
leur apporter leurs antiphonaires à corriger, et d'apprendre d'eux l'art de chan-
ter. Pour donner lui-même l'exemple de
l'application à l'étude, et pour exciter plus
efficacement l'émulation, il forma dans
l'enceinte de son palais une académie, où
les jeunes princes ses enfans et les grands
de la cour venaient pour s'instruire. Le
monarque lui-même ne dédaignait pas de
descendre quelquefois de son trône, et de
se placer au rang des disciples d'Alcuin.

« Son exemple, dit un auteur moderne,
» ranima, vivifia tout, et chacun s'em-
» pressa d'acquérir des connaissances.
» Cette émulation devint générale, et
» avança beaucoup les progrès des études.
» Celle de la religion surtout, qu'il fallait
» puiser dans les sources de l'Écriture-
» Sainte, et dans les écrits des premiers
» Pères de l'Église, fut couronnée par les
» plus grands succès. A mesure que la vé-

» rité répandait sa lumière, les belles-let-
» tres et les bonnes mœurs, qui en sont la
» suite, reprenaient leur vigueur ; car mal-
» gré les traits impies lancés de nos jours
» contre le christianisme par une auda-
» cieuse philosophie, elle est forcée d'a-
» vouer en secret que c'est cette religion
» sainte qui nous a tirés de la barbarie,
» en adoucissant nos mœurs ; qui a éclairé
» nos esprits, en soumettant notre raison ;
» et qui unit tous les hommes, non par
» les nœuds vains et légers d'une orgueil-
» leuse bienfaisance (terme dont on abuse
» trop souvent aujourd'hui), mais par les
» liens si doux et si chers de la charité. »

Grandeur d'âme de l'homme qui ne craint que Dieu.

On a toujours admiré les sentimens renfermés dans ces deux beaux vers qu'un de

nos poètes a mis dans la bouche du grand prêtre Joïada :

Soumis avec respect à sa volonté sainte,
Je crains Dieu, cher Abner, et n'ai point d'autre
        crainte.

Mais ceux que manifesta saint Basile, archevêque de Césarée, dans les combats qu'il eut à soutenir contre l'empereur Valens, ne sont pas moins dignes d'admiration. Comme ce prince, grand protecteur des Ariens, connaissait toute l'étendue du mérite du saint prélat, et savait que les partisans d'Arius n'avaient point d'adversaire aussi redoutable, il voulut essayer de le réconcilier avec eux. Il envoya donc Modeste, préfet du prétoire, et lui donna commission, ou d'obliger l'archevêque de Césarée de communiquer avec les Ariens, ou de le chasser de la ville. Cet officier, naturellement superbe, impitoyable et cruel, fit amener Basile au pied de son tribunal, qu'il avait

eu soin de faire environner de ses licteurs,
et de tout l'appareil de la tyrannie.

Aussitôt que le Saint comparut, le préfet l'appelant sèchement par son nom :
« Basile, lui dit-il, à quoi pensez-vous de résister témérairement à la puissance impériale ? — Quelle est donc ma témérité, dit le Saint d'un air modeste, mais plein de noblesse ? — Pourquoi, reprit le favori, n'êtes-vous pas de la religion de l'empereur ? — C'est qu'un plus grand maître me le défend, répondit l'évêque. Vos grandeurs et vos prééminences ne sont que pour le siècle ; la foi seule, et non la condition, distingue les chrétiens. — Hé quoi ! dit Modeste en se levant impatiemment de son siége, ne craignez-vous pas les effets de mon indignation et de ma puissance ? — Qu'entendez-vous par-là, dit Basile : faites-les-moi connaître ces effets. — Il ne s'agit pas moins, dit le préfet, que de la confiscation des biens, de l'exil, des tortures, de la mort. — Faites-moi

2*

d'autres menaces, si vous pouvez, reprit le saint évêque : rien de tout cela n'est de nature à m'émouvoir. La confiscation, dites-vous ; mais qui ne possède rien n'a rien à perdre, à moins que vous ne prétendiez enrichir le fisc de ces méchans vêtemens, ou d'un petit nombre de livres qui font tout mon trésor. Vous me parlez de l'exil : vous ne m'en ferez pas subir la peine, en m'enlevant à cette ville qui ne m'a pas vu naître ; mais partout également je trouverai ma patrie, puisque tout appartient au Père commun que nous avons dans le Ciel. La rigueur même ou la durée des tourmens me touche assez peu, puisque je n'ai qu'un souffle de vie que le premier effort m'arrachera ; et la mort qui me mettra tout d'un coup au terme dont la route m'est si pénible, sera pour moi le comble des bienfaits. »

La fierté du préfet fut déconcertée par la fermeté de ce discours, et surpris de voir

le prélat inaccessible à la crainte au milieu
du péril : « Jamais, s'écria-t-il, personne ne
» m'avait parlé de la sorte. — Vous n'avez
» donc jamais rencontré d'évêque, répar-
» tit Basile ; car, à de pareilles menaces,
» un vrai ministre de Jésus-Christ eût fait
» les mêmes réponses. En toute autre
» chose nous nous faisons un devoir de
» nous montrer les plus traitables des
» hommes : nous évitons la hauteur et la
» fierté à l'égard des moindres particuliers,
» à bien plus forte raison avec les déposi-
» taires de la souveraine puissance. Mais
» quand il s'agit de la cause de Dieu, les
» glaives étincelans, les brasiers ardens,
» les tigres en fureur, l'étalage des plus
» horribles supplices, ne nous font aucune
» impression. » Le préfet voyant les voies
de rigueur inutiles, en tenta de toutes
différentes ; mais comme l'évêque demeu-
rait toujours inébranlable, il le renvoya,
alla sur-le-champ retrouver l'empereur, et
lui dit : «Nous sommes vaincus, seigneur ;

» et je l'avoue sans honte. Cet évêque est
» au-dessus des menaces, on n'en obtien-
» dra pas davantage par la voie des pro-
» messes. »

C'est ainsi que les méchans eux-mêmes
rendent enfin hommage à la vertu ; c'est
ainsi que, malgré leur puissance et leur
grandeur, ils sont forcés de reconnaître
qu'il n'y a point d'homme plus grand et
plus fort que celui qui ne craint que Dieu.

Bel exemple de constance et de fermeté.

Lorsque, pour satisfaire sa haine contre
le pape qui l'avait excommunié, Henri
VIII, roi d'Angleterre, voulut s'arroger
la puissance spirituelle, et se faire reconnaître chef de l'église anglicane, il y eut
un grand nombre de catholiques qui, pour
échapper à la persécution dont il les menaçait, prêtèrent lâchement le serment de

suprématie qu'il exigeait d'eux; mais il s'en trouva aussi plusieurs qui le refusèrent, et qui aimèrent mieux s'exposer à la vengeance implacable du roi, que de manquer à la fidélité qu'ils devaient à Dieu. Tels furent en particulier Thomas Morus, ancien chancelier d'Angleterre, et Jean Fischer, évêque de Rochester, qui étaient regardés comme les plus grands hommes du royaume, en savoir et en probité. Fischer avait d'abord néanmoins prêté le serment de suprématie, sans en bien connaître le crime, et en y ajoutant ce correctif: « Sauf l'obéissance due aux lois de Dieu; » mais il s'en était repenti bientôt après; et en plein conseil, lui-même et Morus avaient refusé de souscrire à l'acte légal qui établissait cette primauté. Tout ce qu'ils alléguèrent pour se défendre de signer, fut que leur conscience et le soin de leur salut ne leur permettaient pas de le faire. Comme on leur eut répliqué qu'ils devaient réformer leur conscience trompeuse sur le grand conseil du royaume, tout autrement éclairé : « Si j'é- » tais seul contre le parlement, reprit » Morus, assurément je me défierais de » moi-même; mais si le grand conseil » d'Angleterre est contre moi, j'ai pour » moi le grand conseil de la chrétienté, » qui est l'Eglise catholique. » Fischer répondit la même chose en d'autres termes. Le roi, outré de dépit, les envoya en prison, priva l'évêque de tous ses revenus, et à peine lui laissa-t-on quelques méchans habits pour se défendre du froid.

Cette prison rigoureuse, qui dura une année, ne suffisant pas aux vues du roi, il résolut de faire mourir ces deux grands personnages, afin d'intimider tous ceux qui pouvaient apporter le même obstacle à la séduction. Il ordonna donc d'abord qu'on fît incessamment le procès à l'évêque de Rochester, qui, avant le mois révolu, fut condamné au supplice des criminels de lèse-majesté; et quatre jours

après, on lui trancha la tête. Quand Morus eut appris la mort de Fischer, il se
mit aussitôt en prières; et comme en
priant, il laissa échapper quelques larmes,
ses amis l'attribuant à l'effroi, crurent
pouvoir le résoudre à se soumettre à la
loi du serment. Beaucoup de personnes de
qualité vinrent le trouver à ce dessein, et
ne purent rien gagner. Sa femme y vint
après tous les autres, et le conjura, dans
les termes les plus attendrissans, de ne
point abandonner si tôt une épouse qui
l'adorait, des enfans à qui il n'avait jamais été si nécessaire, sa vie enfin, dont
il tranchait le fil au plus beau point de
son cours. Comme elle insistait sans fin
sur ce dernier article, Morus lui demanda
combien de temps elle présumait qu'il pût
encore vivre : « Pour le moins vingt ans,
» répondit-elle, et peut-être bien trente.
» Vingt ou trente ans, reprit ce grand
» homme ! Qu'est-ce donc que ce terme,
» et tout espace fini, en comparaison de

» l'éternité ? » Quand on vit sa persévé-
rance inébranlable, on porta la persécution jusqu'à lui enlever ses livres qui faisaient sa consolation, jusqu'à lui ôter plu-
mes et papier, afin qu'il ne pût écrire à
aucun de ses proches ou de ses amis. Depuis ce moment, il tint ses fenêtres jour
et nuit fermées pour s'entretenir continuellement avec Dieu. Son geôlier lui
ayant demandé pourquoi il se condamnait
lui-même à ces ténèbres affligeantes : « Il
» faut fermer l'atelier, répondit-il, quand
» tous les instrumens sont serrés. »

Les commissaires l'ayant pressé de s'expliquer sur ce qu'il pensait du statut qui
établissait le roi chef de l'Eglise anglicane,
le confesseur se voyant presque assuré du
martyre, s'exprima ainsi : « Par la grâce
» de Dieu, j'ai toujours fait profession de
» la religion catholique et romaine. Ayant
» ouï néanmoins répéter souvent que la
» puissance du pape n'était que de droit
» humain, j'ai voulu approfondir cette

» question, sans jamais cependant don-
» ner atteinte à ma croyance. Pendant
» sept ans entiers, je me suis appliqué à
» cette étude ; j'ai creusé dans les sources,
» et j'ai remonté jusqu'à la première ori-
» gine des choses. Enfin, j'ai trouvé que
» la puissance pontificale, qu'on vient
» d'abroger témérairement, pour ne rien
» dire de plus, est non-seulement utile,
» mais nécessaire, mais strictement légi-
» time et de droit divin. C'est là ma
» croyance dans laquelle, avec la grâce
» du Seigneur, j'espère mourir. »

Thomas Andley, courtisan sans conscience, et qui pour cela lui avait succédé
dans la dignité de chancelier, lui demanda
s'il se croyait plus éclairé et plus homme
de bien que tant d'évêques, d'abbés, d'ecclésiastiques de tous les ordres ; que tant
de juges, que toute la noblesse d'Angleterre, que le parlement, enfin, que tout
le royaume. « A un évêque de votre parti,
» répliqua Morus, j'en ai cent à opposer,

» dont la Foi est déjà couronnée dans le
» Ciel. Et la noblesse d'Angleterre, par
» le nombre même, entre-t-elle en com-
» paraison avec les martyrs et les confes-
» seurs innombrables qui ont rendu té-
» moignage à mon sentiment ? Pour ce
» qui est du parlement, lequel n'a pas
» même été libre en cette rencontre ; son
» autorité le disputera-t-elle aux conci-
» les généraux, tenus depuis des milliers
» d'années ? Enfin, toute l'Angleterre fa-
» vorise, dites-vous, votre opinion ; mais
» la France, l'Espagne, l'Italie, et tout le
» reste de la chrétienté, l'oracle de tous
» les chrétiens, l'Eglise catholique, l'ab-
» horre et la réprouve. » Les juges crai-
gnirent de lui en laisser dire davantage en
présence du peuple ; on lui prononça la
sentence de mort, et on le reconduisit
en prison.

Une de ses filles, qui lui était singuliè-
rement attachée, le joignit sur le chemin
pour lui faire ses derniers adieux. Morus

l'embrassa tendrement et lui donna sa bé-
nédiction, sans qu'on vît, dans le père,
rien qui démentît la générosité de leur
commun sacrifice. La veille du supplice,
qui fut différé de quelques jours, il écrivit
encore à cette fille chérie, au moyen d'un
charbon et de quelque lambeau de papier
qui lui était tombé entre les mains, que
bientôt il ne serait plus à charge à personne, et qu'il soupirait ardemment après
le moment où la mort le réunirait à son
Dieu. A ce moment désiré, comme il se
trouvait au pied de l'échafaud, et que l'é-
chelle n'en était pas commode, il dit à un
valet du bourreau : « Donnez-moi la main
» pour monter; je n'en aurai pas besoin
» pour descendre. » Après avoir fait la
prière accoutumée avec beaucoup de sang-
froid, il prit le peuple à témoin qu'il mou-
rait pour la profession de la Foi catholique, apostolique et romaine. Ensuite il
mit la tête sur le billot, sans que tous ces
apprêts lui causassent aucune émotion, et

il endura la mort, non-seulement avec la
constance, mais avec la secrète joie des
plus généreux martyrs. Toute l'Angleterre
gémit à ce spectacle, et les vrais chrétiens
crurent avoir tout perdu dans la personne
de cet illustre défenseur de la religion.

Vertus de Saint Louis, roi de France.

On admire dans saint Louis toutes les
qualités qui font les grands rois et les
saints illustres. Il sanctifia le trône par
ses vertus, et l'honora par ses belles qualités. Ce grand prince avait à peine douze
ans lorsque son père mourut; il fut élevé
sous la tutelle de sa mère Blanche de
Castille, qui gouverna le royaume de
France en qualité de régente. Cette vertueuse princesse inspira de bonne heure
à son auguste fils l'amour de la vertu et le
goût de la piété. Elle lui répétait souvent
ces belles paroles, si dignes d'une mère

chrétienne : « Mon fils, quelque tendresse que j'aie pour vous, j'aimerais mieux vous voir privé du trône et de la vie, que souillé d'un seul péché mortel. » Le jeune Louis prenait plaisir à écouter les sages instructions de sa mère, et il ne les oublia jamais. Blanche ne pouvant suffire seule à l'éducation du jeune roi, mit auprès de sa personne des hommes d'une sagesse consommée, qui formaient en lui les qualités d'un héros et les vertus d'un grand saint. Ils lui apprirent que tout est grand dans le christianisme, et infiniment au-dessus de ce qu'on estime le plus dans le monde. L'heureux naturel du prince était très-propre à seconder les desseins de ses instituteurs, et ses progrès devançaient leurs leçons. Il montra toute sa vie l'estime singulière qu'il faisait de la grâce du baptême, par la prédilection marquée qu'il avait pour le lieu où il l'avait reçue. Il signait quelquefois *Louis de Poissy*, donnant à entendre qu'il préférait le titre

de chrétien à celui de roi de France. Il
fut sacré à Reims, le premier dimanche
de l'avent, 1226. Ce ne fut pas une pure
cérémonie pour ce jeune prince ; il la regarda comme un engagement solennel
qu'il prenait de travailler au bonheur de
son peuple. Il s'y prépara par des exer-
cices de piété, conjurant le Seigneur de
répandre dans son âme l'onction sainte
de la grâce. Il parut pénétré des paroles
du psaume qu'on y chanta au commen-
cement de l'office, et il s'en fit l'application à lui-même : « C'est vers vous, Seigneur, que j'ai élevé mon âme : mon Dieu,
j'ai mis ma confiance en vous. » On cul-
tiva aussi l'esprit du jeune prince ; on lui
apprit l'art de gouverner les hommes, et
celui de faire la guerre ; on lui enseigna
l'histoire, que l'on a toujours regardée
comme l'école des princes ; enfin, on ne
négligea aucune des connaissances propres à former un grand roi. Il savait assez
bien le latin pour entendre les écrits des

saints Pères, qu'il avait coutume de lire,
afin de sanctifier ses autres études. Lorsque le jeune monarque commença à gouverner par lui-même, on le vit appliqué
à tous ses devoirs, et fidèle à les remplir.
Magnifique quand il fallait l'être, il aimait cependant l'économie, et préférait
en toutes choses la simplicité : ses habits,
sa table, sa cour, tout annonçait un
prince ennemi du faste. Après avoir donné
la plus grande partie de son temps aux
affaires de l'Etat, il se plaisait à converser
avec des personnes pieuses ; il consacrait
chaque jour quelques heures aux exer-
cices de la religion ; et comme ceux qui
avaient moins de piété que lui le blâ-
maient à ce sujet, il répondit avec douceur : « Les hommes sont étranges : on
me fait un crime de mon assiduité à la
prière, et l'on ne dirait mot, si j'employais
le temps que j'y donne à jouer aux jeux
de hazard, à courre la bête fauve, ou à
chasser aux oiseaux. »

Captivité de Saint Louis.

APRÈS s'être signalé par des prodiges de valeur, et avoir conquis une partie de la Terre-Sainte, qu'il voulait soustraire au joug des infidèles, Louis IX, roi de France, eût la douleur de voir périr presque toute son armée, et il tomba lui-même entre les mains des Barbares avec ses deux frères, les comtes de Poitiers et d'Anjou. Il fut conduit et emprisonné à la Massoure. Pendant sa détention, il ne manqua point de réciter l'office chaque jour, aux heures ordinaires, et s'acquitta de tous les devoirs de la religion, en présence des infidèles que confondait sa piété. Ils ne se lassaient pas d'admirer sa tranquillité, sa douceur, sa patience, sa fermeté à rejeter les propositions qu'il ne jugeait pas raisonnables. « Nous te tenons captif, lui disaient-ils, » et tu nous traites comme si nous étions

» nous-mêmes dans tes fers. » Les émirs se regardant les uns les autres disaient que c'était le plus fier chrétien qu'ils eussent vu.

Le soudan lui ayant fait demander, avec menaces, de lui rendre, outre Damiette, toutes les places qui restaient aux chrétiens dans la Palestine, il consentit pour Damiette qui n'était pas en état de se défendre ; mais quant aux autres places de la Terre-Sainte, il répondit qu'elles ne lui appartenaient pas, et que cet article ne le regardait point. On le menaça des *bernicles*, c'est-à-dire de lui écraser tous les os entre deux pièces de bois. Il répartit froidement qu'il était leur prisonnier, et qu'ils pouvaient faire de lui ce qu'ils voudraient. Le voyant inaccessible à la crainte, le soudan lui fit demander la restitution de Damiette, et un million de besants d'or, valant alors cinq cent mille livres, monnaie de France, et qui vaudraient aujourd'hui plus de sept millions, tant pour sa rançon, que pour les frais de la guerre.

2**

« J'accorde volontiers, répondit-il, la
» somme qu'on demande pour mes sujets;
» mais il est indigne, pour ma personne,
» d'être mis à prix d'argent; je rendrai
» pour elle la ville de Damiette. » Le sul-
tan ayant reçu cette réponse, s'écria plein
d'admiration : « Par ma loi ! ce Français
» est aussi grand dans les fers, que les
» armés à la main ! Je lui remets cent
» mille livres : il n'en paiera que quatre
» cent mille. » Le traité fut conclu à ces
conditions ; mais le soudan ayant été assassiné par ses émirs, en allant prendre
possession de Damiette, le saint roi eut
tout à souffrir de leur brutalité, et se vit
vingt fois au moment d'en être la victime. Un de ces émirs, les mains et l'épée
encore fumantes du sang de son maître,
l'aborda et lui dit : « Que me donneras-tu
» pour avoir tué ton ennemi, qui t'eût
» fait mourir s'il eût vécu ? » Louis dé-
tourna la tête avec indignation, sans lui
répondre. Le furieux levant le fer, et prêt

à frapper : « Fais-moi chevalier, lui dit-il,
» ou je te tue. » Le roi répondit sans s'é-
mouvoir, que jamais il ne ferait chevalier
un infidèle. Cette fermeté d'âme désarma
tous ces forcenés : ils baissèrent les yeux
et la tête ; et les mains croisées sur la poitrine, ils saluèrent le roi à leur manière,
et lui dirent avec respect : « Ne craignez
» rien, seigneur, vous êtes en sûreté. »
Ils mirent même en délibération de le faire
soudan : la résolution ne fut arrêtée que
par les plus politiques d'entre eux, qui
pensèrent avoir tout à craindre pour leur
religion, d'un prince aussi pieux que Louis.
On ratifia de nouveau les articles déjà si-
gnés ; il ne manquait plus que d'en jurer
l'observance. Mais les émirs exigeant du
roi un serment qu'il crut ne pouvoir faire
à cause des imprécations dont il était rempli, il y eut un moment où toute la négociation fut presque rompue, et où Louis
pensa être mis à mort avec tous les pri-
sonniers. « A Dieu ne plaise, dit-il, quoi
» qu'il en puisse arriver, que de telles pa-

» roles sortent jamais de la bouche d'un
» roi de France ! » Puis s'adressant au
Sarrasin que les émirs avaient chargé de
recevoir le serment, il lui dit : « Allez dire
» à vos maîtres qu'ils en peuvent faire à
» leur volonté, et que j'aime mieux mou-
» rir bon chrétien, que de vivre au cour-
» roux de Dieu. » Les émirs, outrés de
colère, vinrent l'épée à la main dans sa
tente, pour le forcer au serment ou le
massacrer. Louis répondit tranquillement
que Dieu les avait rendus maîtres de son
corps, mais que son âme était entre ses
mains, et qu'ils ne pouvaient rien sur elle.
Il fut impossible de l'ébranler : il persista
toujours à refuser un serment qu'il regardait comme un blasphème. Enfin, les
émirs n'insistèrent plus ; le traité fut conclu, et le roi eut la liberté de retourner
en France, après avoir passé un mois entier dans une captivité qui fut plus glo-
rieuse pour lui et pour la religion, que
toutes les victoires qu'il avait remportées
sur les infidèles.

Conduite chrétienne du clergé envers les hérétiques.

Comme les méchans ont coutume d'imputer leurs propres crimes à ceux mêmes qui en sont les victimes, nos philosophes n'ont pas manqué, dans ces derniers temps, d'accuser les ministres de la religion d'être intolérans et persécuteurs. Pour rendre cette accusation encore plus odieuse, ils ont cité les horribles massacres de la Saint-Barthélemi, et ils n'ont pas craint de donner à entendre qu'on devait surtout les attribuer au clergé de France. Cependant l'histoire prouve à chaque page, que, loin de les solliciter ou de les approuver, le clergé de France eut horreur des cruautés que le barbare Charles IX avait ordonnées contre les hérétiques, et qu'il les fit épargner partout où il lui fut possible.

L'évêque de Lisieux, Jean Hennuyer,

2***

de l'ordre de Saint-Dominique, fut assez heureux pour sauver tous ceux de son diocèse. Le lieutenant du roi lui ayant communiqué l'ordre du massacre, il s'opposa de tout son pouvoir à l'exécution. « Non, dit-il, je n'y consentirai jamais. » Je suis le pasteur de cette Eglise, et ceux » qu'on veut égorger sont mes ouailles. Il » est vrai qu'elles sont égarées, mais elles » peuvent rentrer dans le bercail. Dans » tous les cas, je ne dois point souffrir » qu'on répande leur sang : l'Evangile » m'apprend, au contraire, à verser jus- » qu'à la dernière goutte du mien. » L'officier arrêté par cette opposition, lui demanda par écrit un acte de refus qui pût au moins lui servir de décharge auprès du roi. Le généreux prélat le lui donna sans balancer. « Je compte, ajouta-t-il, que le » prince dont on a surpris la religion, ap- » prouvera mon refus; mais, quoi qu'il » puisse arriver, je prends sur moi tous » les risques. » L'opposition de l'évêque ayant été envoyée au roi, le jeune monarque n'en fut qu'édifié, et révoqua aussitôt ses ordres pour tout le diocèse de Lizieux. Les religionnaires du canton en furent si édifiés eux-mêmes, qu'ils vinrent presque tous abjurer entre les mains de ce charitable prélat, qu'ils n'appelaient plus que leur sauveur.

Quant aux autres diocèses, les évêques ne trouvèrent pas partout la même facilité dans les officiers chargés de ces funestes exécutions; mais en bien des endroits ils firent tous leurs efforts pour les empêcher, ou du moins pour donner refuge aux proscrits. A Lyon même, tandis que le carnage était le plus échauffé, on reçut, dans le palais archiépiscopal, jusqu'à trois cents calvinistes, et l'on soutint une espèce d'assaut contre les assassins, qui ne purent immoler leurs victimes qu'après avoir forcé les portes. Les évêques de ce temps-là n'étaient donc pas tels qu'on les a représentés; et il eût été bien à souhaiter

que ceux qui, de nos jours, ont osé les
taxer d'intolérance, de persécution et de
cruauté, eussent eu leur esprit et leurs
sentimens. La France n'aurait pas été
inondée du sang de tant d'innocentes victimes; et nous n'aurions pas vu égorger
des milliers de prêtres, de religieuses, et
même de simples laïques, à qui on n'avait
d'autre crime à reprocher que l'attache-
ment qu'ils montraient pour leur religion.

Le père et le sauveur des pauvres malades.

L'un des établissemens qui font le plus
d'honneur à la religion, est celui que forma
saint Jean de Dieu, en fondant l'ordre de
la Charité. Cet homme admirable, voyant
que les pauvres malades étaient souvent
abandonnés, prit la généreuse résolution
de se dévouer entièrement à leur service.
Il commença par vendre du bois au mar-
ché, et il employait à l'entretien des in-

digens le gain qui lui en revenait. Il loua ensuite une maison pour y retirer les pauvres malades, et il pourvoyait à tous leurs besoins avec autant de zèle et d'activité qu'un père en pourrait mettre pour soigner ses enfans. Il passait les jours auprès des malades, et employait les nuits à en transporter de nouveaux dans son hôpital. L'exemple du saint excita la charité de plusieurs personnes vertueuses, et il en reçut bientôt des secours, qui le mirent en état de donner plus d'étendue à l'asile qu'il avait ouvert aux malheureux. Mais, tandis qu'il se réjouissait des heureux accroissemens qu'il prenait chaque jour, il eut la douleur de voir tout-à-coup le feu prendre à son hôpital. À cette vue, il sentit dans son cœur un redoublement de tendresse pour ses pauvres malades ; et alarmé du danger qu'ils couraient, il résolut de s'exposer à tout pour les sauver. En vain lui représenta-t-on qu'en voulant les préserver de l'incendie, il en serait infail-

liblement lui-même la première victime.
« Si je n'ai pas, dit-il, le bonheur de les
» délivrer, j'aurai du moins le mérite de
» l'avoir tenté ; et si je meurs, je mourrai
» martyr de la charité. Peut-on souhaiter
» une plus belle mort ? » Après avoir dit
ces mots, il s'élance vers l'endroit qui était
en proie à l'incendie, il pénètre, malgré
le feu, dans le logement qu'occupaient les
malades ; il les met sur son dos les uns
après les autres, et les emporte à travers
les flammes. La divine Providence récompensa visiblement sa charité par une pro-
tection particulière ; car, ni lui ni ses malades ne furent endommagés par le feu.
En excitant sa reconnaissance envers le
Seigneur, cette faveur singulière redoubla
sa tendresse pour les pauvres. Tout le reste
de sa vie ne fut employé qu'à les soulager ;
et il a laissé après sa mort un ordre qui a
perpétué les secours qu'il leur a ménagés.

Le triomphe du zèle et de l'éloquence.

Dans une sédition qu'il y eut à Antioche, à l'occasion d'un nouvel impôt, la populace se porta à de tels excès, qu'elle traîna ignominieusement dans les rues, et brisa ensuite, la statue de l'empereur Théodose, ainsi que celles de son frère, de ses deux fils et de l'impératrice Flaccide, morte depuis quelque temps. La fureur ayant fait place à la réflexion, les coupables sentirent toute l'énormité de leur crime, et la consternation devint générale, surtout lorsqu'on vit les deux officiers que l'empereur avait envoyés à Antioche, et qui venaient, disait-on, avec ordre de confisquer les biens des coupables, de les faire brûler vifs et de raser la ville. A leur arrivée, la plupart des citoyens prirent la fuite, et allèrent s'enfoncer dans les forêts et dans les cavernes les plus sauvages; les autres, abandonnés à leur désespoir, se tenaient renfermés chez eux, en attendant les maux qui les menaçaient, dans une espèce de stupidité. On ne voyait personne dans les rues, ni sur les places si fréquentées autrefois. Cette ville, si peuplée et si florissante ne paraissait plus qu'un désert effrayant; les philosophes dont elle était pleine, avaient oublié toutes leurs grandes maximes, et s'étaient enfuis comme le peuple. Il n'y eut que les philosophes chrétiens, c'est-à-dire les plus fervens d'entre les fidèles, les ecclésiastiques, et surtout les solitaires, fort multipliés autour d'Antioche, dont cette ville consternée reçut quelque consolation. Mais celui qui se dévoua le plus généreusement à son soulagement et à sa défense, fut l'évêque Flavien. Touché du désespoir de son troupeau, il mit sa confiance en Dieu, et résolut d'aller implorer la clémence de Théodose en faveur d'une ville qui l'avait outragé. Il partit donc pour Constantinople,

sans être retenu ni par son grand âge, ni
par la rigueur de la saison, ni par le triste
état de sa sœur, malade à l'extrémité. Il
ne fut pas plus tôt arrivé, qu'il se rendit
au palais impérial ; lorsqu'on l'eut conduit
devant Théodose, il se tint loin de lui,
baissant la tête, se couvrant le visage, et
ne s'exprimant que par des larmes, comme
s'il eût été lui-même coupable. Il resta
quelque temps dans cette attitude mille
fois plus éloquente que tous les discours.
L'empereur fut attendri en voyant la douleur profonde de ce vénérable vieillard,
qui, pour ainsi dire, portait dans son cœur
tout le poids du crime public. Au lieu donc
de faire des reproches sanglans, il se con-
tenta de rappeler en abrégé les grâces dont
il avait comblé la ville d'Antioche ; puis
il ajouta : « Est-ce donc là ce que j'avais
» lieu d'attendre pour reconnaissance ?
» Quelle plainte peuvent-ils faire de moi ?
» quelle plainte surtout font-ils de la ver-
» tueuse Flaccide, et pourquoi s'en pren-

5

» dre à cette chère et respectable dé-
» funte ? »

Alors l'évêque, poussant un profond soupir, dit d'une voix entrecoupée de gémis-
semens et de sanglots : « Nous reconnais-
» sons, Seigneur, que nous avons reçu en
» toute occasion les plus éclatans témoi-
» gnages de votre affection ; et ce qui ag-
» grave le plus notre crime et notre dou-
» leur, c'est que nous n'y avons répondu
» que par l'ingratitude la plus noire. Aussi
» tous les supplices ne pourraient-ils avoir
» de proportion avec ce que nous méri-
» tons. Mais, hélas ! le mal que nous nous
» sommes fait à nous-mêmes, est pire
» que mille morts. Nous nous sommes
» couverts d'ignominie à la face du monde
» entier. Nous n'osons plus fixer nos re-
» gards sur personne, ni même soutenir
» la lumière du soleil. Notre malheur ce-
» pendant n'est point encore désespéré ;
» vous pouvez, Seigneur, y remédier. Des
» outrages sanglans ont été souvent la ma-

» tière d'une grande charité. Lorsque le
» démon eut perdu le genre humain, la
» miséricorde divine le fit rentrer dans les
» droits dont il était déchu par le péché.
» C'est le même esprit de malice qui a
» creusé l'abîme dans lequel la malheu-
» reuse ville d'Antioche est tombée. Oui,
» j'ose le dire, c'est, Seigneur, votre bien-
» veillance pour nous qui a excité la ja-
» lousie du démon, et qui nous a rendus
» victimes de sa rage. Image de Dieu sur
» la terre, vous pouvez tirer le bien du
» mal, et vous ne sauriez mieux vous ven-
» ger de notre ennemi, qu'en nous par-
» donnant. La clémence que vous ferez
» paraître en cette occasion vous acquerra
» plus de gloire que les triomphes les plus
» éclatans. Vous ornerez votre tête d'une
» couronne bien plus précieuse que celle
» que vous portez, puisqu'elle sera le fruit
» de votre seule vertu. A la place de ces
» statues que l'on a renversées, vous vous
» en éléverez d'autres, non de marbre ou

» de bronze, que le temps détruit, mais
» de vivantes et d'éternelles, dans les
» cœurs de tous ceux qui entendront par-
» ler de la victoire que vous aurez rem-
» portée sur un juste ressentiment. Qu'il
» me soit permis de vous proposer l'exem-
» ple de Constantin-le-Grand. Des cour-
» tisans flatteurs l'animant à se venger de
» quelques séditieux qui avaient défiguré
» ses statues à coups de pierres, il porta
» la main à son visage, puis dit, en sou-
» riant, qu'il ne se sentait pas blessé. Tout
» le monde parle encore de ce trait, qui
» fait plus d'honneur à la mémoire de ce
» prince, que la fondation de tant de vil-
» les et la conquête de tant de pays.

» Rappelez-vous, Seigneur, les admi-
» rables paroles que vous fîtes entendre à
» Pâques, en ordonnant que l'on ouvrît
» les prisons pour mettre les criminels en
» liberté. *Plût à Dieu*, dites-vous alors,
» *que je pusse également ouvrir les tom-*
» *beaux et rendre la vie aux morts!* Le

» temps d'accomplir ce beau souhait est
» arrivé. Ressuscitez les habitans d'An-
» tioche, qui ne vivent plus. Vous le pou-
» vez faire sans peine, et il ne vous en
» coûtera qu'une parole. Laissez agir votre
» clémence, et Antioche sera comptée en-
» core parmi les villes vivantes. Elle vous
» devra infiniment plus qu'à son fonda-
» teur. A sa naissance elle était fort peu
» considérable ; vous la relèverez dans un
» temps où elle est très-florissante, et où
» elle renferme dans son sein une multi-
» tude innombrable d'habitans. Il y aura
» plus de gloire à lui pardonner aujour-
» d'hui, qu'il n'y en aurait eu à la préser-
» ver des incursions des barbares. Consi-
» dérez encore, Seigneur, qu'il s'agit prin-
» cipalement ici de la gloire du christia-
» nisme même. Les juifs, les païens, les
» nations barbares, ont les yeux fixés sur
» vous, et attendent avec impatience l'ar-
» rêt que vous allez prononcer. S'il est
» dicté par la clémence, ils seront frappés

» d'admiration, ils rendront gloire au Dieu
» qui appaise l'indignation de ceux qui ne
» reconnaissent point de maître sur la
» terre, et qui transforme les hommes en
» anges; ils embrasseront une religion qui
» enseigne une morale si sublime. On ne
» manquera pas de vous dire que l'impu-
» nité d'Antioche serait d'une dangereuse
» conséquence, et qu'elle ne servirait qu'à
» entretenir l'esprit de révolte dans les
» autres villes. Cette crainte serait raison
» nable, si vous ne pardonniez, Seigneur,
» que par impuissance de punir. Mais
» non, l'acte de clémence que vous exer-
» cerez, ne vous dépouillera point de vo-
» tre pouvoir, il ne fera que vous acqué-
» rir de nouveaux droits sur les cœurs de
» vos sujets; et loin d'enhardir à la ré-
» bellion, il sera un moyen efficace de
» la prévenir. Il touchera plus vos peu-
» ples que des largesses immenses, que
» des exploits éclatans : il les portera sur-
» tout à adresser au Ciel de ferventes priè-

» res pour la conservation de votre au-
» guste personne et pour la prospérité de
» votre empire. Au plaisir délicat de con-
» quérir les cœurs, ajoutez la récompense
» que Dieu vous prépare. Un maître peut
» aisément punir; mais il est rare qu'il
» pardonne.

» De quelle gloire ne vous couvrirez-
» vous pas, Seigneur, si vous vous laissez
» fléchir par les prières d'un vieillard re-
» vêtu du sacerdoce! Quelle haute idée
» l'univers n'aura-t-il pas de votre piété,
» lorsqu'il apprendra que vous élevant au-
» dessus de l'indignité personnelle du mi-
» nistre, vous n'avez vu en lui que l'au-
» torité du maître qui l'envoyait! Il est
» vrai que les habitans d'Antioche m'ont
» députe vers vous pour tâcher d'obtenir
» une grâce dont ils se jugent tout-à-fait
» indignes; mais je viens encore de la
» part du souverain Seigneur des anges et
» des hommes, pour vous déclarer en son
» nom, que si vous pardonnez les fautes

» commises contre vous, il vous pardon-
» nera celles dont vous vous êtes rendu
» coupable envers lui : rappelez-vous ce
» dernier jour où nous devons tous rendre
» compte de nos actions, et pensez qu'il
» est aujourd'hui en votre pouvoir de vous
» assurer un jugement favorable de la part
» de Jésus-Christ. En un mot, vous allez
» prononcer votre propre sentence. Bien
» différent des autres députés qui parais-
» sent devant vous avec de riches présens,
» je n'y parais, moi, qu'avec la loi de
» Dieu, et que pour vous exhorter à imi-
» ter l'exemple qui vous a été donné par
» le Sauveur expirant sur la croix. » Flavien dit à l'empereur, en finissant, qu'il
n'aurait jamais le courage de retourner à
Antioche, s'il refusait de rendre ses bonnes grâces à cette ville.

Théodose, que ce discours avait attendri jusqu'aux larmes, ne répondit que ce
peu de mots : « Si Jésus-Christ, notre
» souverain Seigneur, a pardonné à ses

» bourreaux, et a même prié pour eux,
» dois-je balancer de pardonner à ceux
» qui m'ont offensé, moi qui ne suis qu'un
» homme mortel comme eux, et serviteur
» du même maître? » Le patriarche s'é-
tant jeté à ses pieds, pour lui marquer
plus sensiblement la vivacité de sa reconnaissance, lui proposa de célébrer avec
lui la fête de Pâques à Constantinople;
mais l'empereur ne voulut point y con-
sentir. « Partez, mon père, lui dit-il, allez
» consoler votre peuple, en lui portant
» les assurances du pardon que je lui ac-
» corde. » Flavien ne pensa donc plus qu'à
retourner dans son diocèse. Il se fit cependant devancer par un courrier, auquel
il remit les lettres de grâce qu'il avait ob-
tenues de l'empereur, afin d'accélérer, autant qu'il serait en lui, la joie de son troupeau. Son arrivée suivit de près celle du
courrier, et il eut la consolation de célébrer la fête de Pâques à Antioche. Les habitans de cette ville se livrèrent, à l'occa-

3*

sion de son retour, aux transports de la plus vive allégresse. Flavien, dans une circonstance aussi extraordinaire, ne perdit rien de son humilité et de sa modestie ordinaires ; il attribuait à Dieu seul le changement de Théodose, et toute la gloire du succès de son entreprise.

Pénitence de Théodose.

THÉODOSE donna encore deux grands exemples : l'un des terribles excès auxquels la colère peut emporter les meilleurs princes, lorsqu'ils ne prennent conseil que de leurs adulateurs ; l'autre du généreux repentir que peut exciter dans leur âme un zèle salutaire. Thessalonique, capitale de l'Illyrie, était devenue une ville des plus grandes et des plus peuplées de l'empire. La licence s'y était accrue dans la même proportion que l'opulence et le nombre des habitans. Le peuple

était passionné pour les spectacles , et aurait tout sacrifié pour ce plaisir. Botheric
commandait les troupes en Illyrie. Son
échanson se plaignit à lui d'avoir été in-
sulté grièvement par un cocher du cirque.
Botheric fit mettre en prison le cocher dont
on se plaignait. Comme le jour des courses du cirque approchait, le peuple , qui
croyait ce cocher nécessaire à ses plaisirs ,
veut demander son élargissement ; sur le
refus du commandant, il se mutina. La
sédition fui violente : plusieurs magistrats
y perdirent la vie , et Botheric fut assommé
à coups de pierres.

La nouvelle de cet attentat excita l'indignation de Théodose ; il voulait d'abord
mettre à feu et à sang toute la ville ; Ambroise et les évêques des Gaules , qui tenaient alors un synode à Milan , vinrent à
bout de l'apaiser, il leur promit de procé-
der selon les règles de la justice ; mais ses
courtisans , et surtout Rufin, effacèrent
bientôt ces heureuses dispositions. Rufin ,

homme de fortune, s'était élevé, à la faveur des vertus qu'il savait feindre, jusqu'à la confiance de l'empereur. Il était alors maître des offices, et tenait le premier rang dans les conseils. Appuyé de ses partisans, il fit entendre à Théodose qu'il était nécessaire de donner un exemple capable d'arrêter pour toujours les séditions, et de maintenir l'autorité du prince dans la personne de ses officiers. Il ne lui fut pas difficile de rallumer un feu mal éteint; on résolut de punir les Thessaloniciens par un massacre général. Théodose recommanda expressément de cacher à saint Ambroise la décision du conseil; et, après avoir donné ses ordres, il sortit de Milan pour éviter de nouvelles remontrances, si le secret de la délibération venait à transpirer. Les officiers chargés de cette barbare exécution, ayant reçu la lettre du prince, annoncèrent une course de chars pour le lendemain, et passèrent la nuit à faire toutes les dispositions nécessaires à

leur dessein. Le jour venu, le peuple ne
sachant pas qu'il courait à la mort, se
rendit en foule dans le cirque, sans s'apercevoir du mouvement des soldats, dont il
fut tout-à-coup enveloppé. Ceux-ci avaient
ordre de passer tout au fil de l'épée, sans
distinction d'âge ni de sexe. Au signal
donné, ils poussent un grand cri, et se
jettent avec fureur sur la multitude. On
frappe, on égorge, on tue les enfans sur le
sein de leurs mères. Les habitans renfermés dans cette vaste enceinte, morts,
blessés, vivans, accumulés les uns sur les
autres, ne sont bientôt plus qu'un mon-
ceau : ceux qui fuient trouvent la mort
dans les rues de la ville. Thessalonique est
jonchée de cadavres. Des étrangers, des
citoyens pacifiques, qui n'avaient eu aucune part à la sédition, furent sacrifiés à
cette aveugle vengeance. Jamais l'humanité ne montre plus de vigueur que dans
ces scènes cruelles où la barbarie triomphe. Un esclave voyant son maître saisi

par des soldats, l'arrache de leurs mains ;
et, pour lui donner le temps de s'échapper,
il se livre lui-même, et reçoit la mort
avec joie. Un marchand nouvellement
entré dans le port, courut à ses deux fils
qu'il voyait près de périr ; il demanda en
grâce de mourir à leur place, et offrit à
cette condition tout ce qu'il possédait d'or
et d'argent. Les soldats, par une indulgence brutale, lui permirent d'en choisir
un ; et le malheureux père, les regardant
tour-à-tour, pleurant, gémissant, et ne
pouvant se déterminer dans ce choix fu-
neste, qui déchirait ses entrailles, les vit
enfin égorger tous deux. Le massacre dura
trois heures ; quinze mille hommes y pé-
rirent. Théodose, touché de repentir peu
de temps après le départ des courriers, en
avait dépêché d'autres pour révoquer l'ordre : mais ceux-ci arrivèrent trop tard ;
car, presque toujours, plus les ordres méritent d'être révoqués, plus ils volent rapidement et s'exécutent avec promptitude.

Cet affreux massacre répandit par tout l'empire l'étonnement et la consternation. Ambroise et les évêques assemblés à Milan furent pénétrés de la plus vive douleur. Le saint prélat, aussi affligé de la faute de Théodose qu'il aimait tendrement, que du malheur des Thessaloniciens, ne différa pas d'écrire au prince pour le rappeler à lui-même. « Non, lui disait-il, je n'aurai pas la hardiesse d'offrir le saint sacrifice, si vous avez celle d'y assister. Il ne me serait pas permis de célébrer ces augustes mystères en la présence du meurtrier d'un seul innocent ; et comment le pourrais-je devant les yeux d'un prince qui vient d'immoler tant d'innocentes victimes ? Pour participer au corps de Jésus-Christ, attendez que vous vous soyez mis en état de rendre votre hostie agréable à Dieu ; jusque-là, contentez-vous du sacrifice de vos larmes et de vos prières. » La conscience de Théodose lui parlait encore avec plus de force et de li-

berté. Sa bonté naturelle ayant enfin dis-
sipé les noires vapeurs de sa colère, lui
montrait Thessalonique en pleurs et ses
sujets égorgés. Il ne se voyait lui-même
qu'avec horreur; et pour se laver d'un for-
fait si énorme, tremblant de crainte et déchiré de remords, il revint à Milan, et
marcha droit à l'église. Ambroise sort au-
devant de lui, et s'opposant à son passage,
semblable à cet ange redoutable qui dé-
fendait l'entrée du jardin de l'Eden, après
la chute de notre premier père : « Arrêtez,
prince, lui dit-il; vous ne sentez pas encore tout le poids de votre péché; la colère
ne vous aveugle plus; mais votre puissance
et la qualité d'empereur offusquent votre
raison, et vous dérobent la vue de ce que
vous êtes. Rentrez en vous-même; consi-
dérez la poussière dont vous êtes sorti, et
dans laquelle chaque instant s'empresse à
vous replonger. Que l'éclat de la pourpre
ne vous éblouisse pas jusqu'à vous cacher
ce quelle couvre de faiblesse. Souverain de

l'empire, mais mortel et fragile, vous commandez à des hommes de même nature que vous, et qui servent le même maître : c'est le créateur de cet univers, le roi des empereurs comme de leurs sujets. De quels yeux verrez-vous son temple ? comment entrerez-vous dans son sanctuaire ? vos mains fument encore du sang innocent ! Oserez-vous y recevoir le corps du Seigneur ? porterez-vous sur la coupe sacrée ces lèvres qui ont prononcé un arrêt injuste et barbare ? Retirez-vous, prince ; n'ajoutez pas le sacrilége à tant d'homicides : acceptez la chaîne salutaire de la pénitence que vous impose, par mon ministère, la sentence du souverain juge ; en la portant avec soumission vous y trouverez un remède pour guérir vos plaies, encore plus profondes que celles dont vous avez affligé Thessalonique. » L'empereur voulant excuser sa faute par l'exemple de David : « Vous l'avez imité dans son péché, lui répartit Ambroise, imitezle dans sa pénitence. » Théodose reçut cet arrêt comme de la bouche de Dieu même. Il avait l'âme trop élevée pour rougir de l'humiliation qu'il essuyait à la vue d'un grand peuple ; il ne sentait que la confusion de son crime, et retourna à son palais en pleurant et en soupirant. Il y demeura renfermé pendant huit mois, plongé dans cette douleur salutaire qui naît du brisement de l'âme accablée à la vue de ses fautes. Selon la discipline ordinaire de l'Eglise, les pénitens n'étaient alors réconciliés que vers la fête de Pâques, et les meurtres volontaires n'étaient remis qu'après plusieurs années de pénitence. Aux approches de la fête de Noël, Théodose sentit redoubler sa douleur. Rufin, moins affligé que lui, quoiqu'il fut la principale cause de ses regrets, entreprit de le consoler ; et comme ce courtisan lui demandait pourquoi il s'abandonnait à une si profonde tristesse, l'empereur poussant un grand soupir qui fut suivi de larmes :

Hélas! Rufin, lui dit-il, se peut-il que vous ne sentiez pas mon malheur? Je gémis, et je pleure de voir que le temple du Seigneur est ouvert au dernier de mes sujets; qu'ils y entrent sans crainte; qu'ils y adressent leurs prières à notre commun maître, tandis que l'entrée m'en est interdite, et que le ciel même est fermé pour moi; car je me souviens de cette divine parole: *Celui que vous aurez lié sur la terre, sera lié dans le ciel.* — Prince, répondit Rufin, j'irai, si vous le permettez, trouver l'évêque, et je l'engagerai par mes prières à vous affranchir de vos liens. — Il n'y consentira pas, répliqua l'empereur; je connais Ambroise; je sens la justice de son arrêt; jamais il ne violera la loi divine par déférence pour la majesté impériale.» Sur les instances de Rufin, qui promettait avec confiance de fléchir Ambroise, l'empereur lui permit de le tenter; et se flattant lui-même de quelque succès, il le suivit de loin. Dès qu'Ambroise aperçut le ministre : « Rufin, lui dit-il, quelle est votre imprudence? C'est vous dont le pernicieux conseil a rempli Thessalonique de carnage et d'horreur, et vous ne rougissez pas ! vous ne tremblez pas ! vous osez approcher de la maison de Dieu, après avoir si cruellement déchiré ses images vivantes ! » Rufin se jetant à ses pieds, le suppliait de recevoir avec indulgence l'empereur qui allait arriver. Alors, Ambroise enflammé de zèle : « Je vous avertis, Rufin, lui dit-il, que je l'empêcherai d'entrer dans le lieu saint; et s'il veut continuer d'agir en tyran, il pourra m'égorger encore, j'accepterai la mort avec joie. » A ces paroles, Rufin manda promptement à Théodose qu'il ne pouvait rien gagner sur l'inflexible prélat; que, pour éviter un éclat scandaleux, il lui conseillait de ne pas aller plus loin. L'empereur, qui était déjà dans la grande place de la ville, continua sa marche en disant: « J'irai, et j'essuierai l'affront que je n'ai que trop mérité. »

Ambroise était dans une salle voisine de l'église dans laquelle il avait coutume de donner ses audiences: voyant approcher Théodose, il s'avança en lui reprochant de vouloir user de tyrannie contre Dieu même, et de faire violence à la discipline de l'Eglise, en prétendant s'affranchir de la pénitence. « Non, répondit le prince, je ne viens point ici pour violer les lois, mais pour vous conjurer d'imiter la clémence du Dieu que nous servons, qui ouvre la porte de ses miséricordes aux pécheurs pénitens. — Et quelle pénitence avez-vous faite d'un si grand crime ? répliqua l'évêque. C'est à vous, lui dit Théodose, d'appliquer le remède sur mes plaies; et c'est à moi de le recevoir et de le souffrir. » Alors Ambroise, touché de son humble résignation, lui dit que, puisqu'il n'avait écouté que sa colère dans l'affaire de Thessalonique, il devait pour toujours imposer silence à cette passion téméraire et fougueuse, et ordonner par une loi que les sentences de mort et de confiscation n'auraient leur exécution que trente jours après qu'elles auraient été prononcées, pour laisser à la raison le temps de revenir à l'examen, et de réformer les jugemens dans lesquels elle n'aurait pas été consultée. Théodose approuva ce conseil, et fit sur-le-champ dresser la loi que le prélat proposait. Aussitôt le saint évêque lui permit l'entrée de l'église. Théodose prosterné, baignant la terre de ses pleurs et se frappant la poitrine, prononça à haute voix ces paroles de David: *Mon âme est demeurée attachée contre la terre ; rendez-moi la vie, Seigneur, selon votre promesse.* Tout le peuple l'accompagnait de ses prières et de ses larmes ; et cette majesté souveraine, dont l'impétueuse colère avait fait trembler tout l'empire, n'inspirait plus alors que des sentimens de compassion et de douleur. Saint Ambroise régla le temps de sa pénitence ; l'empereur l'accomplit avec soumission et fidélité. Il s'abstint pendant cet intervalle de porter les ornemens impériaux. C'est ainsi qu'Ambroise sut réparer le crime de Théodose : exemple à jamais mémorable, mais unique dans tous les siècles ! Il ne pouvait naître que d'un heureux concours de circonstances. Pour le donner au monde, il était besoin de la rencontre d'un prélat et d'un prince tels que ces deux grands hommes ; il fallait un évêque digne de représenter la majesté divine, par l'éminente sainteté de sa vie, pas la sublimité de son génie, par une fermeté prudente et éclairée, par la force d'une éloquence invincible, autant que par l'autorité de son caractère ; il fallait aussi un empereur vraiment pieux, humble dans sa grandeur, mais assez relevé par ses qualités personnelles pour s'abaisser sans s'avilir.

Bel exemple de soumission aux puissances.

La faction des Ariens, furieuse de tout le bien que faisait en Syrie Eusèbe, évêque de Somosathes, le fit reléguer jusqu'au pays du Danube. Le porteur de cette condamnation arriva sur le soir à Somosathes. Le charitable pasteur, sachant combien il était cher à ses ouailles, dit à cet émissaire : « J'obéirai, comme je le » dois, à l'ordre que vous m'avez apporté; » mais gardez-vous bien de publier le su- » jet de votre voyage ; car si le peuple ve- » nait à l'apprendre, il vous jetterait dans » l'Euphrate. » Il partit lui-même fort secrètement pour son exil, avec un seul domestique, n'emportant pour tout meuble qu'un oreiller et un livre, et il se rendit d'abord à la ville de Zeugma, située sur le bas du fleuve, à vingt-quatre lieues de distance. Les habitans apprirent cependant du porteur même l'ordre de l'empereur. Le fleuve en un moment fut couvert de barques, et il eurent bientôt rejoint leur père, qu'ils conjurèrent, en se lamentant et en l'arrosant de leurs pleurs, de ne point les abandonner à la fureur des loups qui allaient ravager son troupeau. Pour toute réponse, l'évêque leur lut le passage de saint Paul, qui ordonne d'obéir aux puissances ; et après les avoir exhortés à imiter sa soumission, et à se tenir fermes dans la doctrine des apôtres et des conciles, il partit tranquillement pour se rendre au lieu de son exil. C'est ainsi que se comportera tout chrétien animé du véritable esprit de l'Evangile ; il saura souffrir la persécution pour conserver et défendre sa foi ; mais il ne cherchera jamais à s'en délivrer en soufflant le feu de la rébellion, parce qu'en lui ordonnant de tout endurer plutôt que de la trahir, sa religion lui défend de se révolter et de désobéir aux puissances que Dieu a établies pour nous gouverner.

3**

Abolition de l'esclavage.

On est étonné d'entendre certaines personnes débiter avec assurance, comme une chose incontestable, que l'Eglise est ennemie de la liberté, et qu'elle favorise l'esclavage et la traite des noirs ; on se demande ce qui a pu donner lieu à une si étrange accusation. Il est vrai qu'on n'a jamais vu les vrais ministres de la religion prêcher aux esclaves la désobéissance et la révolte ; et que, tandis que les prétendus amis de l'humanité leur apprennent à ne voir dans leurs maîtres que des tyrans dont il faut secouer le joug, et des monstres qu'il faut détruire, les missionnaires ne cessent d'exhorter ces infortunés à la soumission et à la patience. Mais bien loin d'approuver ou de favoriser la servitude, il est constant que le christianisme l'a abolie dans presque toutes les contrées où il s'est établi, et que partout où il n'a pu affranchir entièrement les esclaves, il a du moins beaucoup adouci leur sort.

L'histoire a conservé le souvenir de la barbarie avec laquelle les Grecs et les Romains, ces deux nations si éclairées et si polies, traitaient leurs esclaves. C'était une maxime chez les Grecs, que parmi les hommes, les uns naissaient pour la liberté et les autres pour la servitude; que tout était permis contre les Barbares, c'est-à-dire contre tout homme qui n'était pas Grec. Dans la seule ville d'Athènes, il y avait quatre cent mille esclaves pour vingt mille citoyens; l'esclavage imprimait une tache ineffaçable, les esclaves affranchis étaient appelés *citoyens bâtards*. Les Lacédémoniens ayant détruit la ville d'Hélos, qui avait refusé de leur payer tribut, réduisirent tous ses habitans en esclavage, et défendirent par une loi, à leurs maîtres, de leur donner la liberté ou de les vendre à des étrangers. Ces malheureux étaient condamnés aux travaux les plus durs et les plus vils, et portaient un vêtement particulier, qui les exposait au mépris et aux insultes. On leur interdisait la culture de tous les arts; et, pour comble d'infamie, on les forçait quelquefois de boire avec excès, afin que les citoyens les voyant dans cet état d'ivresse, eussent le vin en horreur. Une fois par an, on leur faisait subir une flagellation cruelle, pour leur rappeler qu'ils étaient nés et qu'ils devaient mourir dans l'esclavage. A Rome, la condition des esclaves n'était guère différente de celle des bêtes de somme : on frissonne en lisant la manière dont ces malheureux étaient traités. (*Voyez les Mémoires de l'Académie des Inscriptions*, tome 63.)

Tel était le triste sort des esclaves chez toutes les nations anciennes, même les plus policées. Il était réservé à l'Évangile de soulager leurs maux, et de venger l'hu-

manité si indignement outragée en leur personne. Par les maximes de charité, de douceur, de fraternité qu'il inspire envers tous
les hommes, le christianisme disposa peu-
à-peu les esprits à sentir tout ce que l'esclavage avait d'odieux ; et bientôt ces infortunés sentirent leurs chaînes se briser ou
devenir moins pesantes. On peut voir dans
la lettre de saint Paul à Philémon ce que
dictait la morale évangélique sur ce point
essentiel, et combien est éloquent le langage de l'humanité dans la bouche de la
charité chrétienne. Fidèles aux maximes
de la religion, les chrétiens regardèrent
toujours comme une œuvre des plus mé-
ritoires, de tirer leurs frères de la servitude, et d'acheter leur liberté. Plusieurs
poussèrent l'héroïsme de la charité jusqu'à
se rendre eux-mêmes esclaves pour en délivrer d'autres. Saint Paulin de Nole en est
un exemple. Les évêques crurent ne pouvoir faire un plus saint usage des richesses
des Eglises, que de les consacrer au rachat

3***

des esclaves. Saint Exupère de Toulouse vendit jusqu'aux vases sacrés pour satisfaire à ce devoir de charité. L'Eglise a établi deux ordres religieux, les Pères de la Merci et les Trinitaires, pour la rédemption des chrétiens réduits en esclavage chez les infidèles.

Lorsque les Francs s'établirent dans les Gaules, ils permirent aux Romains qu'ils y trouvèrent, de vivre conformément à leurs lois, et par conséquent d'avoir des esclaves; mais à la longue, l'état de ces malheureux devint beaucoup moins dur. La reine Bathilde en affranchit un grand nombre, et déclara que désormais ils seraient habiles à posséder en propre. Quant aux serfs que les Francs introduisirent, leur condition était moins rigoureuse que celle des esclaves; leurs maîtres les attachaient à des manoirs ou fermes, et les obligeaient, outre la redevance, à une espèce de servitude. Les rois de la seconde race en affranchirent beaucoup; en quoi ils furent imités par les seigneurs particuliers. La reine Blanche et Saint Louis renfermèrent le droit de vassalité dans des bornes encore plus étroites. Louis-le-Hutin abolit entièrement la servitude en France, en déclarant tous ses sujets libres, conformément à l'esprit de l'Evangile, parce qu'il nous est ordonné de traiter tous les hommes comme nos frères.

Le Martyr du zèle et de la charité.

LE père Augustin Castagnarès, jésuite espagnol, né au Paraguay en 1687, mérite d'être cité avec éloge parmi les apôtres du Nouveau-Monde. Ses supérieurs ayant remarqué en lui beaucoup d'ardeur et un zèle infatigable, le destinèrent aux missions des Chiquites, qui présentaient des obstacles capables de décourager l'homme le plus intrépide, si la crainte des dangers pouvait arrêter ceux qui sont réellement

animés du désir d'opérer des conversions.
Pour arriver chéz ces peuples il fallait
parcourir plusieurs centaines de lieues
dans des plaines incultes, dans des bois,
sur des chaînes de montagnes, par des
chemins rudes et difficiles, coupés de ro-
chers affreux et de profonds précipices,
dans des climats tantôt glacés, tantôt em-
brasés. Celui des Chiquites est extrêmement chaud, et la nature a beaucoup à
y souffrir ; mais un des plus grands obstacles au succès d'une pareille entreprise
est l'extrême difficulté de la langue de ce
peuple, qui fatigue et rebute les meilleures
mémoires ; cependant à force de travail, le
père Castagnarès parvint à se la rendre fa-
milière. Il essaya ensuite de pénétrer dans
le pays des Samuques, dans l'intention de
découvrir la rivière du Philéomayo, pour
faciliter la communication de la mission
des Chiquites avec celle des Guaranis. Il
eut le bonheur de convertir les Samuques
et de fonder parmi eux une mission à la-

quelle il donna le nom de *St.-Ignace.*
Dans cette entreprise, il eut à souffrir les
influences de leur climat extrêmement
rude, sans autre abri qu'une toile destinée
à couvrir l'autel où il célébrait. Il lui fallut
encore étudier la langue barbare de ces
peuples, et s'accoutumer à leur nourriture.
qui n'est que de racines sauvages. Il s'appliqua surtout à les humaniser ; ce qui
peut-être n'était guère moins difficile que
d'apprivoiser des bêtes féroces au milieu
de leurs forêts. Cependant par sa douceur,
son affabilité, sa prudence, et par les
petits présens qu'il leur faisait, il gagna
entièrement leur amitié. De nouvelles familles venaient insensiblement augmenter
son habitation, ce qui l'engagea à cons-
truire une petite église.. Il essaya aussi de
défricher des terres pour les ensemencer ;
mais comme les Indiens ne sont point
accoutumés au travail, il fallait être toujours avec eux, exposé aux rigueurs du
climat ; souvent il était obligé d'arracher

lui-même les racines des arbres que les Indiens avaient coupés, et il mettait le premier la main à tout pour animer les travailleurs. Cette mission étant dans le meilleur état possible, et toujours occupé de la découverte du Philéomayo, dont nous avons déjà parlé, il fit des tentatives pour y réussir, quoiqu'on lui en eût fait apercevoir l'inutilité; mais après plusieurs courses infructueuses et très-pénibles, il fut obligé de retourner à l'habitation de St.-Ignace. Son repos n'y fut pas de longue durée. Dévoré du désir de répandre l'Evangile, il forma le projet de se rendre chez les Mataguais, malgré les représentations qu'on lui fit sur les dangers qu'il avait à y courir. Il y fut assassiné par un cacique qui l'avait invité à se rendre dans son pays pour l'instruire de la religion chrétienne. Un pieux Espagnol, nommé Acozar, qui avait voulu l'accompagner, périt avec lui.

TABLE.

FIN.